ふたつの世界

川中子義勝 *Kawanago Yoshikatsu*

詩集　ふたつの世界　＊目次

Ⅰ　それぞれの花序で

詩集　ふたつの世界

Ⅰ　それぞれの花序で

雪

Shigeru Shimizu gewidmet.*

世界を容れるほど
おおらかに見ひらかれた空を
なぜか　世界はこばみ
容れようとはしないので
託されたのか　わたしたちに

ひとつの鏡に顔を寄せるように
その眼差しに向かい
見入っていた　そのとき

いきなり空がくだかれ
微塵に分かたれた　そのとき
わたしたちは　烈しい風に吹き送られ
それぞれに託されて
瞳の像《かたち》を担い

それぞれの世界に
舞いおりてゆく　舞いおりる先の
どこかにひとすじ路がかよい
どこかにたがいを映す
鏡面《みなも》があるのか

あめつちの間《あわい》の
つかのまの時のはざまに
いまいちど身を寄せあうように

わたしたちがたがいを結び
つかのまの結晶《かたち》を得ようとする
眼のなかの　世界の深みへ
惜しげもなく身をくだき
しんしんと空が舞いおりてくる

＊

Shigeru Shimizu gewidmet.

清水茂氏のために。

思索を紡ぎ、感性を描出する意識、そのひろがり…おそらく宇宙の大きさに重なり合うようなひろがりとして、不可視のひろがりを考えずにはいられない。たぶん、芸術は、あるいは詩はこの二領域の重ね合わせから生じるものだが…

（清水茂『翳のなかの仄明かり——詩についての希望』）

大空のもと――ふたつの世界

1 かなたへ　ins Freie gehen

降りたった駅の周りは
すっかり新興の住宅地に変わり
家々が肩を接して背丈を競っている
帰趨の決した闘ぎあいを経て
所々まばらに残された空地には
いずれにも数本の冬木立

互いに凭れあうように枝を掲げ
かろうじて足下の自然を護っている

家々の外壁から偶然に象られ
碧空へと抜けてゆく木管の空間を
震わせてどこからか響いてくる
様々な曲想からなる六曲のコラール*

その慎重に確かめてゆく足鍵の歩み
遙か階をなす雲の上にもこの時
きっと誰かが初歩の階梯を
一歩一歩踏みしめて昇っている

* J. S. Bach: Sechs Choräle von verschiedner Art

2　こなたにて　unter freiem Himmel**

開かれた空のしたへ
のびやかな空のもとへ　ともに
往きましょうと語ったひとと
ともに野をゆく　春の野辺を往く

いまは見えないひとと　ともに
そのひとは今は嬉々として
かつて逝いた娘とともに
林間の径を弾むように辿っている

己がものの処を訪ねたが
おのが者なる人々は受けなかった

向こうの世界の潮が引いた干潟に
静かに残された空の水溜まり

時おり力ずくで襲ってはきても
置き換わる時を待ち望みつつ
恒に重なり合い　寄り添いあい
進んでゆくふたつの世界を

いつかミモザの咲く頃に
是非いちどお訪ねくださいと
怨ろな招きを語ったひととともに
開かれた空のしたを往く

＊＊　Freie 開け（＝屋外）／frei 開かれた（自由な）　Himmel 空・天

それぞれの花序で

耳のなかにも樹は聳えたつ
かつて詩人の言葉は
空の頂に轟く陽の響きと
麗らかな風の光を聞いていた

心の山頂から
世界を垂直《たて》に貫いた大樹が
伐られた　その眺望《ながめ》を
春の刷毛が暈かしている

野の草はしかし
それぞれの花序を繰りひろげ
ひたすら身を伸ばしてゆく
高空に向かって？

誰のためでもないと
そのひとは告げた
われわれはただ
無いものに向かって咲くと

縋りつく手が
ふと摑んだ
ひともとの花を支えに
辛うじて眠りへ舞いあがると

鳥の眠りをたゆたう
わたしたちは知らない
輝かしい朝《あした》の雫が
目の前に降りくだるさまを

それぞれの花序でしかし
なおも燃えている
いつまでも尽きない
その焔を　掲げるようにして

＊
幾つかの詩集名やその一節などが想起されている。
Rainer Maria Rilke, Die Sonette an Orpheus. 1923.
Paul Celan, Die Niemandsrose. 1963.
Hilde Domin, Nur eine Rose als Stütze. 1959.

風が翼を

... behold, the bush burned with fire,
and the bush was not consumed. (Exodus 3, 2)

1
晨

風が翼を持ち上げようとしている
鳥はまだ目覚めてはいない
時は未だ充ちてはいない
夜が存分に傾くまでなお時がある

身に帯びた羽毛が逆立つのは
葉群のそよぎに伴侶の頬の色や
墜とされた巣の形が甦り
孵らなかった雛たちが鳴き始めるから

風が枝先の露をいっせいに振るう
樹木は背後に陽を負いはじめ
遙かな山脈《やまなみ》の向こうに
白く果てしない地平がひろがる

待ち受けた風が翼を持ち上げる
舞いあがる鳥はもう空だけを見ている
飛びたった樹が激しく燃えあがり
もはや燃えつきぬ焔に変わる

2　夕

墜ちてくる夜の尖端に
すさまじく燃えている西の空
地はくろぐろと　街並みのかたちに
世界の涯を隈どっている

最後の光環につつまれた
頂の町へ　一筋の径を昇ってゆくと
焼け焦げた世界のはずれから
羽ばたく翼のように頁が繰られ

焚書の焰から拾われて
かろうじて遺された書物のように
明日の頁が　半ば覗いて
煤けたのぞみが風に舞いあがる

失意と灰とに堪えて羽ばたく
時は　嘴にしかし熾きた炭火を咥え
径の辺に　いばらの灌木は
根をめぐらせた深みから樹幹まで

烈しく燃えているのに
決して燃え尽きることがない

呵責——未生のいのり

1　斥力

紅組《あか》の籠をめがけて
みなで赤い玉を投げいれる
かかげられた竿の先に
たくさんの抛物線が交錯する
でも自分の投げた玉が
入ったかどうかは分からない

たがいに擦れちがいざま
斥ける力で撥ねとばす——

たがいに引きあいつつ
そろって速やかに向きを変える
帰宅途中の子どもたち
その鰯の群れのような釣合にも

ひそかな斥力が働いたか
だれの言葉が飛礫《つぶて》となって
君をそこまで撥ねとばしたか
黙した口はもう語らない

2　野分

網戸の隅を
繕おうと伸べた手を
あわてて引きとどめる

鴨居にみとめた黄の色は
いつの間に隙間に入ったか
仰向いて干涸らびた蜂のすがた

おもわず周囲を窺うのは
居るはずの群れの不在が
かえって不安を導くためか

どこかの草むらにそれは
惑星の縞模様をまとって
結束の軸を廻《めぐ》っているのか

隠されたその巣の在処へと
渦巻いてゆく地磁気の牽引から
外れた感覚がここに遺る

地軸の廻りから弾かれて
命から外された命への感覚が
仰向いて干涸らびた蜂のすがたで

3　伝説——Krabat 幻想*

梢にとまった鴉が一羽
先刻からこちらを見ている
テューリンゲンの森のはずれ
なじみの宿にすごす一夏
窓辺で物語を繰っていると

亡くなった詩人のかすれ声が
からすの凶　からすの怯《きょう》と
地の伝承として湧きあがり
あらたな犠牲をもとめるように
不穏な群雲を逐いやってゆく

肩をいからす大鴉のまえに
直立の姿勢を保ったまま
濡れそぼつ小鴉の群れ
ソルブの少年兵が整列して
じっと命令を待っている

銃殺は必ず複数で行われる
壁の前で目隠しをした少年の
心臓を誰の弾が貫いたのか
その責任を分かつことで
少年たちの良心はかるくなる

＊ プロイスラー『クラバート』は同名のソルブ人伝説に取材する。銃殺場面は出てこない。「からすの凶」は生野幸吉の詩の一節。

4
杉生

ようやく大水が引いて
裸の幹をさらした倒木が
重なりあった沢を昇り
風は土膚の覗いた崖の上へ

山が崩れるその一瞬は
端から順に倒れおちてゆく
それぞれの身ぶりでとなりに
位置の苛酷を訴えながら

残った木々は粛然として
惨劇をなおも象っている
解釈がみな違っているだけで
物語が喪われてはいない

太古の父祖たちのように
それぞれ穏やかな抑揚で
ひとつの痛みに溶けあい
渓風の労《ねぎら》いに応えている

時の風向きに逆らって

お天気を示すことばは
たいがいの国で
ひとのこころをも言い表す
陽気に誘われ気分も晴れると

おだやかな日和を
親切な友だちと呼ぶ国で*
人を閉めだすことばには
どんな空模様が呼応するのか

国境を越える列車で
たまたま同室に乗り合わせ
パスコントロレの声に
うつむいて連れてゆかれた娘

こちらを振りむいた刹那
おびえた瞳の奥ふかく
垂れこめる雲の翳りを見た
荒天を奔る稲妻の閃きを見た

信念《こころ》の促すままに
時の風向きに逆らったから
この国のリストに載っていると
一瞬の眼差しで私に告げた

ぶどう山の南面に
陽は隔てなくひかりを注ぐ
ひとしく微風にそよいでいても
区別してひとは病葉《わくらば》と呼ぶと

*

天候は穏やか。Das Wetter ist *freundlich.*

居留のひと

I have been a stranger in a strange land. (Exodus 2, 22)

1 異土

草を刈るまえに
茎を両手で束ねて
初めて世界に向きあう
子どもの目でよく見てほしい*

掘りだした小石を
もとの窪みに置いてみてほしい
変えられた世界の仕組みは
もとの形に戻るだろうか

私は草の嗟嘆《かなしみ》を知っている
石もまた期待を抱《いだ》く
それは親しい土地を離れ
世界の戸口に立つ不安に似ている

空《から》のリュックを背負い
夜が裸足で草原を通ってゆく
海を渡るとき見えていた陽の影を
陸《おか》では久しく見ていない

宥和を知らぬ土地
この町は私たちを愛していない
仮寝の宿に灯りを点けると
闇が跳ね上がり周囲《あたり》を充たす

道の辺に身を伸べると
木々の根が私の手足となり
石が私の鼓動を刻み
蟻たちが私の背骨を通ってゆく

＊ Michael Krüger: Kindliche Übungen への応答　一変奏として

2
嗟嘆《かなしみ》

重々しくうねる海面を
陽は無表情に照らしている
群雲がなにかを告発するように
慌ただしく駆けぬけてゆく

風の剝ぎとった水面を
水がたちまちに還って覆うようには
ひとたび世界に改変を加えたら
もうもとの姿には戻せない

失われた時間を充たすのは
先へと繋がる時間ではないように
失われた世界に代わるのは
むしろ世界を覆すなにかだろう

木々は吹きこんだ風に煽られ
枝々は絶望の姿で空を叩いている
風は呻きを蒐めて攫《さら》ってゆき
世界の鞴《ふいご》に貯めこんでいる

3 期待

帰路を断たれた斥候のように
海道のはずれに呆然と佇つ
見知らぬ辺土に夜を迎えると
木々の根が声を揃えて歌いだす

世界が苦悩に充ちているから
歌が望まれるというのは間違いだ
鳥たちが緘黙の掟を知らぬように
ものはみな幸いの楽譜を周りに刻む

路上に隣りあう水たまりの
一つが暮れ始めた空を映し
一つがはや明け初める空を映す
その間で世界は伸び縮みしている

石塊も手荒に扱えば粗い肌で応え
懇ろに摩れば芯をあかく染める
夕映えを抱《いだ》いて笑う子どもは
世界に抱かれる幸いを知っている

4
瞋恚《いかり》

壊れた蝸牛の殻のように
いつも空虚を背負ってきた
殻から剥がれたのぞみが
風に弾かれた翼果のように
見知らぬ方角へと飛んでゆき

瞋りの森に墜ちてゆく
掻きむしられた頭髪には
鶸の大群が還ってきて

熱の籠もった梢から
夜どおし啼く声が聞こえる

見える国と見えない国が
ひとつの風景に重なって
あいだを区切る境には
鍵が内側から差し込まれ
向こう側からのみ開《あ》く仕組み

無聊をよそおう焦燥が
空中を趨る雲の行方を占い
日ごとに籤を引いている
電光が閃くその辺りに
運命が轟くのを待ちつづけ

掌の内海には血が溢れ
そのなかで世界が溺れている
切り立った波濤の谷間から
翔る魚が飛び出してきて
重なった風景に突き刺さる

投網

i 鳩

海に向かって開けた
広場のあちらに
またこちらに集うのは
世界に名を知られたこの街を
着飾って徘徊する客たちと
数をきそう鳩の群れ＊

人混みのあいだを
いつのまに抜けてきたのか
広場の一所に現れた男
いかにもさりげなく
手にしていた網を
いきなり高々と投げ上げる

慌てて地を撃つ羽音が
散りぢりに遠ざかったのち
獲物を隠した
油染みた前掛けから
この界隈の店の
料理人と知れるその男

いやねえこんな近くで
軒先のテーブルを占める
女たちの甲高い非難と
あまりにも手軽な
食材の調達にあきれて
眉をひそめる男たち

ii 握手

親しんだ土地を遠く離れ
初めて難民となったその日
ホステルの寝床の上と下から
差しのべた手を繋いだ

中国人はきっと丸い目で
日本人は細い目なんだろう
それは君の故国を肌の色で
推し量れないのと同じさ

畔に並んで夕陽を眺めていた
嵐の予兆に海は荒れて
着飾ったひとびとと違えて
寄ってくる水鳥の姿もないが

君の糧《パン》を水の上に投ぜよ**
投網を逃れた群れは
尖塔の辺りで一つにまとまり
広場をおおきく旋回している

＊　Venedig, Sankt Markus Platz

＊＊　伝道者（コヘレト）の書一一章一節

天蓋花*

投げられた瓶が
車道にはじけ
ほのおが路面を奔った
砕かれた舗石と
煽ることばが首都にあふれた

翌日
まるで何事もなかったような
補習の授業から抜けだし

見《み》沼堀《ぬまぼり》を歩む少年の
行くてには

天蓋花が
畔道のあちこちで炸裂し
花冠がつぎつぎと
茎をはなれ
熱気球のように昇ってゆく

地に根ざすものが
覆され　空に降るとき
南の国では
飛来する翼から
森を枯らす驟雨が降りそそぐ

雨はその芯を
地に遺すだろう
突きたった銀線のように
残された茎が
空の帯電を象っているように

暗緋に染まった天涯を
古鏡のように滑ってゆく
日輪のかげ
帰宅をいそぐ道で　雷雲《フェンリル》の
巨きな顎に世界は呑まれていった

＊　天蓋花　彼岸花（曼珠沙華）の別称。

未成のいのり

1 星座

An infant crying in the night*

帰宅する靴音が
通りを近づくごとに
垣根越しに吠えかかる
隣家の犬よ

むしろ　逐え
夜を呑む
おおきな顎で
おのが星座を逐ってゆけ

脅かされて
梢を飛び去ったまま
いつまでも帰って来ない
眠りの羽音

夜半に目覚めた
幼子の眼から
宙《そら》の頂にむけて
沈黙が叫びはじめる

分からない　なぜ
泣きたいのか
夜を浸す蒼いひかりが
灌木を揺する

人影を見おくる
犬の背を
おおいぬ座の
蒼い雫が濡らしている

＊

But what am I? / An infant crying in the night:

An infant crying for the light: / And no language but a cry.

（内村鑑三『求安録』より）

2 人魚礁

... alle deine Wasserwogen und Wellen gehen über mich. (Psalm 42, 8)*

陽に晒された
世界がみな
眼となり
耳となって
爛れた傷みを訴える

骨の奥まで
沁み透る嘆きを
町々の路地に聴きながら

憔悴して住処に
還りつくと

仄暗い室内から
涼しい階音が聞こえ
ひらいた扉に
鍵盤をすべる手と
碧い鱗が見える

躍るこころで
あなたに
深い海のことばで
呼びかけても　なぜか
声は撥ねかえされ

昇ってゆく
聳えたつ宙《そら》の
堂宇を
はるかな夜の海原へ
軋る泡沫となって

＊

... alle deine Wasserwogen und Wellen gehen über mich. (Psalm 42, 8)

（汝の大瀑《たき》のひゞきによりて淵々よびこたへ）

なんぢの波、汝の猛《おほ》浪ことごとくわが上を越えゆけり。

Ⅱ　月の光栄

ふたつの世界

住む者の居なくなった庭に*
剪定に入った灰服の男たちは
繫っていた路地の西側に
切り株ばかりを残して去った

遮るものが無くなり
風が真正面から吹きこんで
いつまでも開いたままの戸口に
罵るように扉を叩きつける

裸木が尖った手指を伸べて
空に何かを遺そうとしているが
ふるえる地震計の針さながら
その筆跡は読みとれない

陽が地平にかかるころ
ようやく還ってきた鳥たちは
陰を奪われた縄張りにとまどい
おどおどと枝を渡っている

かつては風と光のように
手を携えてすすむ声と声とが
活きて交わっていた境に
ふたたび展け　ふたつの世界

降りてくる星辰の囀りが
夕闇の底ふかくまで透るとき
昼は猛りたつ風の傷を癒し
夜は立ちすくむ光の傷を護れ

＊　二〇二〇年一二月、栃木県旧石橋町、通古山《とおりこやま》にて。

塔をあおぐ町

1
塔

落成も間近のころになって
塔の先は傾きはじめ　施す術もなく
監督は　堂の奉献を待たず
尖端から地に身を投じたという

不名誉な伝説をのこす教会の
奥まった扉がひらかれ

おお待っていた　と手がのべられる
隠れ住むひとの掌《て》は温かい

快活に語りつづけたそのひとは
戦争の責任を糾す声に
逐いやられたか　世界の隅へ
あるいは己を自責の塔に閉じこめたか

いにしえの思想を詳らかにし
往時は　稀代の大学者とはやされた
名望の傾いたいま　辛うじて
峙《そばだ》つ塔の尖端に身を持している

2 学舎

聖体の成りたちをめぐり
かつて二人の博士《はかせ》が対峙し*
実体か　それとも象徴かと争い
ついに折りあえなかった町

学生たちはおのおの　机上に堆く
書物で築いた城砦に籠もり
たがいの砲塔を窺いつつ
かわるがわる駁撃を繰りかえす

博士となったユン・ハンから
今日はしたたかに撃たれた
祖国《くに》の社会に　地位を築くために
礎をすえた誇りの連射で

辞して　陽のなかに透けてゆく
ふと仰ぐ外壁の銘板には
三十年の戦渦を堪えた音楽家**が
かつて　法学徒のころ住んだ処と

死者をいたずらに目覚めさせぬため
燕たちは　路地の深みにはこぶ
ひかりの階音を蒐め
空を鋭角に飛び交っている

3 寄宿舎

隣室から洩れてくる
恋する者たちの　睦みあう声
物音で驚かせないように
机に向かい　身を凍らせている

外《と》つ国に暮らすことは
三種のことばを　生きることか
生活に馴染めばいつかは
知の討議の場で　駄洒落も交えられる

母語は　彼方に退いていても
ふと口をつく祈りに還ってきて
驚かされる　なにかのはずみ
息をする己を識《し》り　自ら驚くように

陽を浴びている　肌のことばは
もっともっと奥ふかくに黙している
事物に沁みいった　その沈黙は
待機の気配すら感じさせない

嵐すさぶ夜　寝床にひとり
風にしなう果樹とひとつになり
墜ちる果実の音を聴いている
地に灯る　赤い色彩をかぞえている

4　朝市広場

買いものは土曜の午前のうちに――
羊　鳥　豚　牛と価値《ねだん》の序列は逆さまで
鹿や兎まで加わってくるが
求めるのは　固いパンと乾酪くらい

良いものは　良い《グート》の一語で済む
反対は　劣悪《シュレヒト》　拙悪《シュリム》　害悪《ユーベル》　邪悪《ベーゼ》
細かな語野の区分けに呆れるというより
さすがこれ　人間の本性と納得する

ファシズムの破壊命令に屈せず
住民たちは　醜悪と宣された彫刻家の***
礫刑像を　川底に沈めて護った
従順を装うその嘘もまた良し《グート》

雪？　昏い空の前線が川面に交わる
塔のもとに刻む　時針のあゆみ
中空《なかぞら》を見上げる命の角度のままに
時のきわみへと　心が研がれてゆく

＊　二人の博士　ルターとツヴィングリ。マールブルク会談。聖餐に関する理解の不一致のために、宗教改革二派間の協調の試みが挫折した。
「学舎」は大学旧館（神学部）。

＊＊　三十年戦争（一六一八～一六三八）。宗教改革後の新旧両教会の諍いに端を発したが、実質は仏墺両大国の勢力争い。戦渦と疫病で欧州中部は荒廃し人口は半減した。
音楽家　ハインリヒ・シュッツ（一五八五～一六五〇）。初期バロックの作曲家。率いたドレスデンの宮廷楽団は戦渦のために離散した。

＊＊＊　彫刻家　エルンスト・バルラハ（一八七〇～一九三八）。ナチスに堕落芸術として弾圧された。エリザベト教会の磔刑像はラーン川に（捨てると偽って）一旦隠された。

博労の家

In the pillar of the cloud he spoke to them. (Psalm 99, 7)

農閑に産地をめぐって農家に卸す
ひさしく博労を営んできたその家では
いつも誇らしげに語られた
馬のあつかいに長けた誰それがむかし
近衛の騎兵に抜擢されたと

土間をはさんだ向かいの厩から
嘶きが味噌汁を啜る音にかさなった

都会に嫁いだ母につれられて
　夏ごとに田舎を訪れていた少年の
　好奇のこころを惹いたのは
　長兄のきまじめな昔語りではなく
　　博労気質の次兄ツグオの

　ひとの育ちを値ぶみする眼差しと
挑みからかうような物言い

姿川《すがたがわ》の深みにはまった子どもや
　青梅を食べて死んだ集落の少年
　また辻のやしろで雷に撃たれた青年と
　　つぎつぎ不慮の出来事を挙げて
　しまいには鋼の季節がめぐるまで

鴨居の色あせた写真に魂を遺し
国のために犠牲となった弟たちのこと

農作業の手すきに少年をさそい
鳥もちを竿の先につけて
木漏れ日のなかを忍び足でゆく
くつを履かぬ足の勁さに驚きつつ
ツグオの後を精一杯ついてゆく

ようやく追いつくとその後ろすがたに
天にとどく雲の柱がかさなった

蝉取りがとおい日の記憶にかすれ
収入が倍になるという理想に

国が踊った季節も遠ざかるころ
久しぶりに訪ねた家は建てなおされ
　ツグオは系図の中に鎮まっていた

門前を勢いよく流れていた川は
暗渠となって車が往き来している

故園

1
街

さびれた町の街路に
靴が物語をかたらせる
もう繕われぬ舗石のあたり
叙述はところどころで途切れ

橋のうえを吹く風は
理解を拒む一斉朗誦《シュプレヒコール》のように

世界の惨事を
嬰児の喃語《ことば》と結んでいるが

寒気や湿気が
暗い空に彩りをくわえるように
失意や悔恨もまた
往くひとの影をゆたかにする

街路樹はみな静かな眼差しで
犬たちの訪れを待ち
鳥たちもそれぞれの大きさで
雲に入る螺旋を描いている

2
庭

縁側に坐って
そのひとは一日中庭を見つめている
手ずから植えた茶花の名を
もうどうしても思い出せない
みなすらすら言えたはずなのに

もう庭に降りてはゆけないので
眠りの縁側から降りてゆく
薄陽に真上から照らされて
草花はどれも
地にみじかく陰を揺らしている

そのときそのひとは
誰かに呼ばれた気がした
籬の向こうに人の姿はなく
掬摸の手のように風はとおり
最後の渡り鳥を沈黙が逐ってゆく

埃よけの金だらいを
つくばいに被せたのはいつだったか
記憶を揺らす夢のさかいで
いまはもう思い出せない人に
しきりに呼びかけている

3 帰巣

帰宅すると二階から
鳥の囀りが聞こえる
いそがしさに
隙間を塞ぎわすれ
戸袋に巣を作られてしまった

親鳥が戻ったのか
いっせいに鳴きはじめる
雛鳥の囀りが
四方の壁を震わせ
家全体をふわりと浮かばせる

巣立った頃は
あまり思いだすこともなかった
そのひとの命の漲りを
疑うことも知らぬほど
日々の囀りは賑やかだった

帰宅すると家全体から
がらんどうの響きがする
鳥の囀りに驚き
薄闇に慣れるとようやく
建物は地に舞いおりてきた

4
釣合

屋根から寒気が降りてくるとき
わたしの眠りはもう家を暖められない
部屋から部屋へとあえぎながら
微睡みがわたしを曳いてゆく

家には昨日《きのう》に向かう扉もあれば
明日へと向かう扉もあった
きっともうひとつ別な扉もあるはず
わたしの去ったあとに開く扉が

両の眼のうしろに懸かる吊り橋が
世界の端と端とを繋ぐように
わたしの祈りは空に足場を組んで
こちらと向こうを結ぼうとする

庭に佇って見あげるわたしの頭上で
鳥が昇りゆく梯子を描いている
梯子は揺れてかたちを変え
雲のなかへと入っていく

月の光栄

... eine andere Klarheit hat der Mond ... (aus: 1.Kor. 15, 36 - 44)*

窓を透したひかりが
床にいまひとつ窓をかたどり
夜を充たした部屋のすみに
仄明るく小部屋が浮かびあがる

かさなった向こうの世界から
子守歌を唱うあなたの声が聞こえる
月が昇ったと　寂《しず》かな草はらから
微かに風が吹きよせてくる

伸べられたあなたの手が
括《しず》かにわたしの頬を撫でていた
遠くからわたしの今を案じている
想いを気づかれぬようにして

夜《よ》宙《ぞら》に澪をひく　月の航影も
年月のかなたへ掠れてゆき
もはや定まらぬ眼差しとともに
ひかりの輪郭は壊れていった

いまはわたしが歌となって
耀《かがよ》う世界の小部屋へそよいでゆく
あなたの瞑った石のまぶたに
あなたの光が還ってゆく

＊

.. eine andere Klarheit hat der Mond ... (aus: 1.Kor. 15, 36 - 44)

…月にはまた別の光栄（光明）あり…

（第一コリント書一五章四一節。ルター訳による）

…天上の体《たい》あり、地上の体あり、されど天上の物の光栄は地上の物と異なり。日の光栄あり、月の光栄あり、星の光栄あり、此の星は彼の星と光栄を異にす。死人の復活《よみがへり》もまた斯のごとし。朽つる物にて播かれ、朽ちぬものに甦へらせられ…

記憶の旅——Requiem

1 時の歩幅

覚えているのは
あなたの背に負われて
泣きじゃくりながら帰ったことだけ

いつか誰かに手を引かれて
見上げた榧の木のところまで*
ひとりで行ってみようと

どこか途中の坂にも行きつかぬまま
日は暮れかかり
帰り道もおぼつかなくなった

こどもの歩幅と
おとなのそれとは違うのだと
身に沁みて分かるのはずっとのちのこと

こころの丈は
日ごとに伸びていったが
時の歩幅はとてつもなく巨きかった

朝はやく　目覚めて
なお覚めやらぬ夢に浸り
四方に枝を伸べた大樹に向かっていると

幼い日の歩幅は
身に刻まれた記憶として
時の向こうがわにまで届いてゆく

＊

埼玉県旧与野町鈴谷《すずや》、妙行寺金毘羅堂境内の大榧。

2 河川の道

アルプスを擁する隣国から
ゆっくり数日をかけて　降《くだ》ってくる
洪水を人々は不安げに待ち受ける＊

家の外壁にはむかし達した水位が
飾りのように刻まれている
一本一本を懐かしむかのように

流れが急な傾斜を駆け下りてくる

この国では　暴れ川となって
田畑をにわかの湖《うみ》にかえる

宥めるよりむしろ抑えようとする
ひとの意志《おもい》は　川筋を撓め
あなたと歩んだ風光はあとかたもない

土地改良で消失し
名をなくしても　霧敷川《きりしきがわ》は
鴻沼川《こうぬまがわ》としてその中を流れている

ひとが旧い名を懐かしむように
川床も堤も　ひそかに
幼年期の蛇行を思いかえしているか

太古から奏でてきた演奏を
匠の筆が時に刻んでいる
川筋はその旋律を悠《はる》かに伝え

地の底ふかく遺された五線譜を
切通しの天辺に覗かせて
昔日の演奏を偲ばせる

＊　ドナウ川やレヒ河などドイツ南西部の河川。
日本とは逆に、降雪や降雨が増す冬の時期に発生することが多い。

3 東雲の空

伊豆沼の畔で目覚める
折しも　朝を迎えた鳥たちが
いっせいに翼を拡げ
次々と飛びたってゆく

おのずと隊列をなし
導くもののあとに
編隊を左右に展げてゆく

暁の四隅へ
波濤が拡がるように

それぞれの餌場を指して
幾千の鳥影が連なってゆく

昨夜の襲撃に
奪われた幼鳥への想いを
きっぱりと水面に残し

地の深みで羽ばたくものの
促しを受け
翼に刻まれた記憶を
託された世代に伝えてゆく

大いなる旅立ちの期《とき》まで
いつも初めから
その日に始めるそのところから

4 時の艀

大陸の上空をゆく
ちいさく機影を映し
果てしなくつづく
地の起伏を見おろしている

その昏い行程をこえて
列島の北端で目覚めたとき
その眠りはたしかに甘かった

夢みるあいだに
境の海を越えている

新しい空　新しい地に
降り立つとはそういうことか

時の艀に迎えられた
あなたの歌も　いまは遙か
渡りゆく月の船に託され

輝う夜の
おおいなる響きの宙《そら》へ
静かに滑りだし
懐かしい船路に還っていく

旧い世界では叶わなかった
のぞみを携え
新しい天《そら》　新しい地に向かって

Ⅲ　ミステルの旅立 ―― ein Märchen

世界が苦悩に充ちているから
歌が望まれるというのは間違いだ
鳥たちが緘黙の掟を知らぬように
ものはみな幸いの楽譜を周りに刻む

Es war einmal ...

むかしむかしのこと、
といっても、遠いむかしではなく、
殺戮と疫病が国々を席捲した
三十年に亘る戦いの帰趨が未だ定まらぬ
あわただしく不穏な時代のこと。
度重なる戦争で勢いをましたある公国の
東の国境《くにざかい》からさほど遠くない
ちいさな村をはずれた森に
ひとりの男の子が暮らしておりました。
その子はある楽器職人の子どもでしたが、
ボヘミヤか、さらにその果ての
どこか遠い国からの遍歴のすえ
いつしかその森に居着くようになった
無口で愛想のないこの男を
村びとはいつまでも斜めに睨んで
ついに親しく交わりませんでしたので、
その子もどこかに母親がいるのかいないのか
その居所も名も知られませんでした。

親たちの心はおのずから
子どもたちにもつたわります。
男の子の姿はたいてい
森のどこかでみとめられましたが、
その姿はいつもひとりで、
子どもたちと交わる事はありませんでした。
半人前の役立たずと怒鳴られながらも
なにかと大人を真似る彼らからすれば
その子はまったく可笑しな奴でした。
仄暗い森のなかから出ることもなく
色白で娘のように華奢な手足をし
髪はちぢれて麻糸玉のようでしたので

村びとたちはたわむれに男の子を
あの宿り木《ミステル》の小僧と呼びならわし、
子どもたちもその口調をまねて囃しました。
男の子がいつも森の縁に聳える菩提樹の
人の背丈の倍ほどのところ
幹が幾つにも分かれたところに跨がり、
街道をたどるひとびとの姿を
日暮らし飽きもせずに眺めていたからです。

村びとが男の子を避けたのは
ほかにも理由《わけ》がありました。
この森にさしかかる旅人は
運が良ければこの菩提樹の梢から
ときおり響きわたる音楽に驚かされ、
しばらく歩みを止《とど》めることになるのでした。
そう、男の子はいつも分身のように

一挺の楽器をたずさえていて、
それを巧みに弾きこなしました。
おそらく父が晩年の手すさびに
伎倆を尽くして与えたものでしょう、
かたちはヴァイオリンに似ていましたが、
そのちいさな体にはすこし大振りの
ヴィオール属の何かであったと思われます。
菩提樹の大枝に身を預けるようにして
巧みに釣りあいをたもちながら
その大きな楽器をあやつる姿は、
まるで妖精か別世界の霊のようで、
葉むらの陰にその姿を認めた旅人は
おもわず十字を切ることさえありました。

ときおり風の音に混じって
弦の響きが森から聞こえてくると

村びとは不思議な想いにかられるのでした。
それは季節のかわりめに決まって
湖を渡ってゆく風のざわめきのよう、
あるいはこれに応える波の轟きのよう。
その響きはほかならぬ村人自身の
胸の奥底から滲みだしてくるかに思われ、
定まらぬ想いで心を捩らせる楽の音は、
村人にとってはむしろ懼ろしく
忌々しげに鎧戸をおろす者さえありました。
その不思議な奏者の評判はむしろ
遙か外の世界に伝わりました。
ある日、都へ帰還する騎士が
その才能を鄙に捨てておくのはもったいない、
名のある宮廷楽団に入ったら
少しは世のためにもなるだろうに、
何なら口をきいてもいい、と誘いました。

楽団？　と男の子はいぶかしげに応え
とても乗り気には見えませんでしたが、
樹上で暫くもの思いにふけっているうちに、
ある時ぱったりと弦の響きが途絶え、
村には噂のみが残りました。
ミステルが日曜日のような身なりで
ひとり街道を歩んでいったと。

　ここが都の栄えある楽堂と
人づてに聞いた建物の正面では
通用口に廻れと衛士に逐いやられましたが、
そこに待ち続けて人づてに頼みこむと、
なんとか演奏を聞いてもらえるとのこと。
それは楽団員の気まぐれによるものでしたが
ともかくもはじめの扉は開かれました。
ミステルが都に着いた頃といえば、

長びく疫病と間近に迫った戦争の気配で
街は不穏な気分にみちていました。
管は軍楽をやって士気を挙げられましたが
弦楽は如何にしても時機に外れて、
数箇月も演奏の沙汰すらありません。
弦を奏する人びとの心も感動から遠のき
ひっそりと鳴らなくなっておりました。
ミステルが練習の場に踏み入ると案の定
あの姿は何だ、卑しい生まれがまるだしだ、
演奏も下品な響きにきまっていると、
嘲笑やひやかしの声が聞こえてきました。

そこに屯している楽士たちは
練習をしていた雰囲気ではありません。
酒瓶を抱きしめてあちらへよろよろ
こちらへよろよろとする赤ら顔も混じって、

それは思いもよらぬ眺めでしたが、
ミステルは落ち着いて目をつむると
菩提樹の梢をわたる風の音が聞こえます。
懐かしい大枝に身を預けたときのように、
椅子にしっかりと腰を下ろし
背中をうしろに傾けるようにして、
弓をおもむろに弦にゆだねます。
すると広間にいきなり風がそよぎ
響きは一気に夏の嵐へと転じてゆきます。
森羅万象がつぎつぎと現れては舞い、
星々がそれぞれの歌を歌いました。
始まったときのように、響きは止みます。
鳴り止みましたが、なお忘れ得ぬ音色に
楽士たちは魅せられたように、
いやむしろ打ちのめされたように、
みな蒼白になって一言の声も出ません。

赤ら顔の酔いもすっかり醒めてしまいました。

　それは由緒ある楽器のようだが、
ならば相応しく、天を仰ぎみるように
もっと背筋を伸ばして弾かねばならん。
かろうじて楽長が口を開くと、
その言葉にようやく力を得たのか
楽団員のひとりが楽長に諂うように
面白い楽器だがどうやらヴィオールらしい、
それなら俺たちのガンベも弾いて見せろと、
埃の積もった楽器置場を漁り
保管庫の隅から古い楽器を持ち出してきて、
抛るようにぞんざいな仕方で
ミステルの上から押さえつけました。
それはミステルの背丈ほどもあり
重みで息もできないのではと思われましたが、
不思議なことにも楽々と支えられます。
後ろから左手が十分に弦に届き、
右側から弓をさしのべることも出来ます。
まるで楽器がみずから寄り添うように
その腰を細めたかのようでした。
ミステルは楽器を体全体で受けとめると
ふたたび菩提樹の梢を思い描きました。
弓がまたひとりでに動き、ただこのたびは
ミステル自身が思いもよらぬことに
甘い愛の音色が響きだしたのです。

　先ほどの演奏にまさって
楽士たちのおどろきは大きなものでした。
いままで彼らの誰ひとりとして
その楽器をこれほどに奏せなかったのです。
曲はすでに終わっているというのに

驚きと深い満足とでだれも声を上げません。
沈黙を破ったのはふたたび楽長の批評でした。
神聖な楽器なのだから、天を仰ぎみるように
もっと背筋を伸ばして弾かねばならん。
さきほどとまったく同じ台詞ですが、
言葉も繰り返すと重みを生じるものです。
たしかに音楽とは響きや音色だけではない
演奏をする姿勢も伎倆の一部だからと、
楽団員もなんとか自分を納得させ
ようやく自尊心を取り戻すことができて、
楽長も面目を保つことになりました。
仰向けに寝ころんで弾くような者は
栄えある宮廷楽団の奏者にはふさわしくない。
それがミステルの得た評価でした。
このの
ちも楽団員たちは不本意ながら
幾度もこの試験演奏の場を思い出しましたが、
そのたびごとに自分に言い聞かせました。
寝ころんで演奏するような下卑た奴は
そもそも楽人としてふさわしくないのだと。

任用の願いが叶わないのは仕方ない、
それはそれでよかった、とミステルは思い、
爽やかな気持で宮廷楽団を後にしました。
ただあの楽器と離れねばならないことだけは、
心に痛みを遺しました。心のひとところに
むかしから大きな隙間があったようです。
いままで気づかなかったのはなぜでしょう。
楽器の腰部にあざみ《ディステル》と記されていたのは、
どこか由緒ある工房の銘でしょうか。
あの楽器を心から懐かしむ想念《おもい》と
懐かしんでも仕方がないという諦念《あきらめ》は、
ミステルの演奏に新しい響きを加えました。

そののち彼は森にふたたび還ることなく、
都をはなれて、ほかの町々を経巡り
街角や辻で人々に請われるままに弾いて、
口に糊する術《すべ》を学びましたが、
天然の時々の響きを映しだすのみならず
心の奥深い喜びや憂いのこもった音色が、
また何よりも愛を知る者のひそかな哀しみが、
道すがら耳を傾ける人の心を捉え、
荒んだ時代に慰めの泉となりました。

　それから幾度か年のめぐりを経た
ある春のはじめ、あの菩提樹の梢に
ふたたび弦の音が響き、再びあの縮れ髪と、
大枝に身を預けて楽器を奏する
ミステルの姿が認められました。
辻楽師として数年を旅また旅に過ごし、
いま故郷《ふるさと》の森に辿りついたのでした。
遍歴の間に世界はすっかり様変わりしました。
都を制した帝国の将軍は、芸術を
贅沢な浪費と断じ、楽団は解散させられ、
人も楽器もちりぢりになったとの噂でした。
故郷の森に父の姿はすでになく
菩提樹の他に彼を待つものはありませんでした。
ミステル自身の容貌《すがた》も若者らしく変わり
体軀《からだ》はいくぶん逞しくなりました。
奏する音色はいっそう多彩になり
呼びおこす感情もよりゆたかになっています。
耳を澄ますと、はじめは呻くように
万有のすべての願いを潜めた音色から
彼方へと憧れるような輝きが生まれ、
響きは希みを告白することばの
穏やかな愛《かな》しみに転じていきます。

ふとミステルは気づきます。どこからか
彼の演奏に応える響きのあることに。
近づいてはまた遠ざかり、消えたかと思うと、
思いがけないところから再び近づいてくる。
ミステルが問いかけるように一楽節《フレーズ》を弾くと、
これに応えるように同じ楽節を繰り返したり
あるいは別な音階で問い返したり、
ミステルがこれに気づいて弓を急がせると、
その響きは一生懸命これを追いかけ
ふたつの旋律が重なり、組みあわさって
おのずから一つの遁走曲《フーガ》ができあがります。
その響きは人の声、澄んだソプラノでした。
ますます近づいてくるその歌声は、
伴奏として生活のさまざまな音を纏っています。
重い荷を負った驢馬のかんだかい嘶きや
馬に牽かせた荷車が轍にきしむ音、
家畜を逐う男たちと女たちの戯れと
諍いの声。それらがみなひとつとなって
いよいよ村の境ちかく、菩提樹にまで迫り、
姿がミステルの目にも映るようになりました。

間近に迫った戦争と迫害の手を逃れ
故郷を後にしてきた人々の群でした。
眼差しにはみな、それぞれに味わってきた
つらい出来事の思い出からでしょうか
懼れや憂いのなごりが刻まれていますが、
ひとりびとりの振舞いや身振りには
たがいへのいたわりがあふれています。
一行の真ん中をゆく荷車の上に
ミステルはひとりの娘の姿をみとめ、
あの遁走曲の相手とすぐに気づきました。

娘は娘で、やはりミステルをただちに認めて
信頼をよせる眼差しで見つめ返します。
その面持ちと姿はどこかで見たことがある
かつてどこかで彼に親しく寄り添い
その一途な心で見守ってくれたのではと、
それはとてもありえないことですが、
ミステルには不思議な確信がありました。
その晩は森に宿営を定めたいのだがと、
長《おさ》らしき老人がミステルに挨拶を告げ、
宿営の交わりに加わるようにと招きます。
ミステルはよろこんで応じましたが、
どうしても気になって仕方がないのは、
さきほどの伸びやかな歌声とうって変わり
気恥ずかしげに見つめている娘の眼差し。
長に告げられた娘の名前はなんと
——ディステルといいました。

あの楽器に記されていた銘と同じ、
これは何という一致でしょう、偶然か
それともなにかの計らいなのでしょうか。
その名とその歌声、そしてその眼差し、
それらはひとつの組曲と思われました。
果たしてそれらはミステルの音楽と、また
ミステルの心と一つのものとなったのです。
——ただそれを物語るまえに、いまひとつ、
ことの順序として伝えねばならぬことが。
その夜のこと、楽しい宴の声は途絶え、
ひとは宿営のあちらへ、またこちらへと退き、
それぞれの荷車のあたり、設えられた
寝床から深い寝息が響きだしてくる頃、
闇のなかに、いきなり物音がしました。
何事か。不安がミステルの心をよぎります。

宴の幸いを想いかえし、ひとり眠れずに
名残のたのしみに浸っていましたが、
彼にはたしかにその音が聞こえました。
忍び寄る跫音。急いではね起きて……
日月を重ねた経験は無駄ではありません。
襲撃。略奪。打ち壊し。殺戮です。
宿営を廻って急を告げようとすると、
案の定、いきなり奇声があがりました。
なだれ込んでくる黒い影。怒号。悲鳴。
ディステルは大丈夫か。彼女はきっと……
弾かれたように彼女のもとへと奔ります。

宿営の中は、すでに破壊があふれ、
猛りくるった怒りが渦まいています。
腕を振りおろす沢山の人影のただなか
わずかな星明かりのもと、ミステルは
たしかに見知った顔をみとめました。
かつて彼を遠巻きにしていた子ども。
かつてのあどけなさを残した眼が
闇を漁っている姿を確かに見ました。
大人たちの荒々しい暴虐のなかへと
自分もまた挑んでいこうとする
その悦びの眼差しを確かに見ました。
ならば村の人々です、襲ってきたのは。
どうしてでしょう。そんなことが……
不思議ではありません。世の常として、
虐げられた恨みはより弱い者に向かう、
それもまた世の民のならいでは。
皇帝軍が辺りを進攻していくたびに
殺戮と略奪で家や同胞を失い、疲れきった
憎しみには、捌け口が必要なのでした。
おまけに、怖ろしい疫病《えやみ》を運んでくるのは

いつも傍若無人の余所者だったからと。
あの宿り木《ミステル》の小僧が帰ってきた、
しかも忌まわしい悪疫とともに……

憶測は何も生みません。そもそも
襲撃の理由《わけ》を顧みる余裕《ひま》もありません。
ただただやるせない気持ちとともに
ミステルは走りました。勝手を知った
森の闇のなかではこちらに利がある、
摑もうとする手をうまくかいくぐり、
ディステルのことだけが気がかりで
怯えているのではと、寝所に走りました。
思いのほか落ちついた眼差しで、
待っていたように彼を迎えた彼女は
さあ、と速やかに藪のなかへ彼を招き、
次の瞬間、二人は同時に駆け出します。

森の奥へ、闇の更にさらに奥へと。
後ろから追っ手の跫音が迫ってきます。
ミステルはディステルの腰を支え
足もとを護って必死に導こうとすると、
肩を交わした彼女の足の運びは
思いの外しっかりとして、まるで
牝鹿の奔りのようにしなやかです。
むしろ自分も、彼女の身体に支えられて
一緒に駈けているかのように思われ、
ああ　この感覚は味わったことがある、
これが初めてではないと、仄かな確信が
怖れで充ちた心に灯るのを覚え……

気がつくと、奥深い森の底に。
いつのまにか眠りに落ちていたらしい。
ディステルはと目をやると、彼女は

さあ、とミステルに楽器を差し出します。
取るものも取りあえず飛び出したはずが、
知らずして楽器を抱えていたのでしょうか。
まさかディステルがと、問いかけようとする
その眼差しに、ただ微笑みを返して
ディステルは、東の彼方を指さします。
森の向こう、川を越えれば辺境伯の領地。
樹木の途絶えた荒れ地には、きっと
荊とあざみが生い茂っている。二人で
誰もが嫌う荊とあざみの野を抜けて往こう、
この娘と旅路の労苦をともにしながら。
こうして彼の姿はふたたびその地より消え、
再び人々の目にとまることはありませんでした。
めでたし目出度し、と手放しでは言えずとも、
お話を終えるのならここらが一区切り——
そののち見聞きされた世界のうつりかわり、

国々の相あらそう歴史のなりゆきや
流浪の民がなめた苦難の旅程を想うとき
望みは軽薄なものではありえません。
ただミステルとディステルの生涯もまた
きっとかれらの音楽のように、希望と
不思議に充ちたものと信ずるならば、
彼らは今もきっとそんなふうに
暮らしつづけていることでしょう。

... so leben sie auch heute.

右譚詩の冒頭と末尾、
Es war einmal ...
（むかしむかし…）
... so leben sie auch heute.
（…そんな風に彼らは今日も暮らしていますよ。）
ドイツ・メルヘンの常套的な始まりと結び。

あとがき

本年三月、『詩学講義――「詩のなかの私」から「二人称の詩学」へ』を上梓した。詩と詩論の違いはあるが、本書は内容的に響き合う。散文で示唆したことを自ら実現できているかというと心許ないが、志すところはひとつ、との念いがあった。

以前、清水茂氏の詩集解説を記す機会に、氏の世界観について述べたことがある。「宇宙の内面空間」ともいうべき別の「ひろがり」を、氏は実感しておられた。この世界がそれ自体で存立するものではないということは、私も想ってきたことで、親しみを覚えた。ふたつの世界の歴史的・終末論的な併行を想う私と、氏の示唆する「内面空間」がいくらか異なっているのは当然であるが、その隔たりを超える共観の絆を感じた。この詩集はその共観から出発する。ときに睦み合い、ときに烈しく斬り結ぶふたつの世界。向こうとこちら、ふたつの世界を想うことは、この世界を意味あるものとして顧みさせる。詩と現実の関係もまたそのような希望において成り立つものか。

ふたつの世界について、第Ⅲ部では、イメージしやすいように譚詩（物語）としたが、他の詩では、読んでくださる方に開かれたものとして、一義的・明示的に示してはいない。それぞれの立場からふたつの世界を思い描いてくださってかまわない。むしろ可能性が幾層にも開くよう願っている。

小題の付された詩はそれぞれ一編として完結している。それらを二つないし四つまとめれば、全体で一つの主題が浮かび上がるように。音楽でいえば、一編一編は楽章のように結ばれ、全体で一つの組曲としても響きを得るように意図している。

表題横に欧文などが記してある場合は、詩の発想のもとを示しているが、詩の本文自体はその理解を必要としない。無視してくださってかまわない。むしろ引用の文脈とは独立した場面（世界）を描くことが志向されている。本文を読んだあとで、興味のある方だけ、その関連を尋ねてくだされば、新たな景色が見えてくるかもしれない。

土曜美術社出版販売の高木祐子様には右記評論につづいて今回も大変お世話になった。他にも「ＥＲＡ」「彼方へ」「嶺」の同人の方々をはじめ多くの方々のご助力があった。皆様に心より感謝を申し上げたい。

二〇二一年七月　七〇年目の夏に

川中子義勝

著者略歴

川中子義勝（かわなご・よしかつ）

一九五一年　与野市に生まれる
一九九五年　詩集『眩しい光』（沖積舎）
一九九六年　詩絵本『ふゆごもり』（いのちのことば社／二〇〇六年再版）
一九九九年　詩集『ものみな声を』（土曜美術社出版販売）
二〇〇〇年　詩エッセイ集『散策の小径』（日本キリスト教団出版局）
二〇〇二年　詩集『ときの薫りに』（土曜美術社出版販売）
二〇〇二年　譚詩『ミンナと人形遣い』（沖積舎）
二〇〇五年　詩集『遙かな掌《て》の記憶』（土曜美術社出版販売）
二〇〇八年　共編著『詩学入門』（土曜美術社出版販売）
二〇〇九年　編訳『神への問い』（B・ガィエック著、土曜美術社出版販売）
二〇一〇年　評論『詩人イエス―ドイツ文学から見た聖書詩学・序説』（教文館）
二〇一一年　詩集『廻《めぐ》るときを』（土曜美術社出版販売）
二〇一六年　詩集『魚の影 鳥の影』（土曜美術社出版販売）
二〇一九年　選詩集　新・日本現代詩文庫146『川中子義勝詩集』（土曜美術社出版販売）
二〇二一年　評論『詩学講義――「詩のなかの私」から「二人称の詩学」へ』（土曜美術社出版販売）

所属　「ERA」、「彼方へ」、「嶺」同人
住所　〒338―0004　さいたま市中央区本町西二―三―三
http://www17.plala.or.jp/kawanago/

詩集 ふたつの世《せ》界《かい》

発行 二〇二一年九月三十日

著者 川中子義勝

装丁 森本良成

発行者 高木祐子

発行所 土曜美術社出版販売
〒162-0813 東京都新宿区東五軒町三—一〇
電話 〇三—五二二九—〇七三〇
FAX 〇三—五二二九—〇七三二
振替 〇〇一六〇—九—七五六九〇九

印刷・製本 モリモト印刷

ISBN978-4-8120-2637-3 C0092